LA
GUERRE AU DIABLE

ET

A L'ENFER

Par Jean de La Veuze

La Maladresse du Diable

Le Diable Converti

Prix : 1 fr.

A BORDEAUX	A PARIS
Chez FÉRET, libraire,	Chez LEDOYEN, libraire,
Fossés de l'Intendance, n. 56,	Galerie d'Orléans (Palais Royal)
et	chez DIDIER,
chez les principaux libraires	quai des Augustins, n 35.

1864

LA GUERRE AU DIABLE

ET

A L'ENFER

IMPRIMERIE CENTRALE DE LANEFRANQUE.
rue Permentade. 23-25. — Bordeaux.

LA GUERRE AU DIABLE

ET

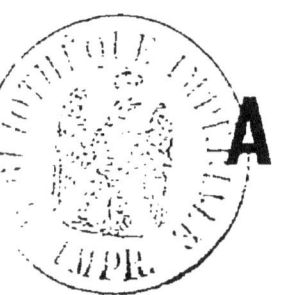

A L'ENFER

Par Jean de La Veuze

La Maladresse du Diable

Le Diable Converti

Prix : 1 fr.

A BORDEAUX
Chez FERET, libraire,
fossés de l'Intendance, n. 56,
et
chez les principaux libraires.

A PARIS
Chez LEDOYEN, libraire,
Galerie d'Orléans (Palais Royal);
chez DIDIER,
quai des Augustins, n. 35.

1864

LA GUERRE AU DIABLE

ET

A L'ENFER

·

———

LA MALADRESSE DU DIABLE

———

Depuis longtemps, l'humanité errait dans la foi ; des écoles de matérialistes, de sceptiques et d'athées se formaient de toutes parts. En un mot, la foi s'éteignait et le Diable avait beau jeu.

Le Diable !... Depuis qu'on nous a dit qu'il y en a un, n'avions-nous pas toujours cru que ce personnage était tout ce qu'il pouvait y avoir de plus méchant, de plus hypocrite, de plus rusé, de plus adroit, astucieux et fourbe ? — Oui, n'est-ce pas ?

Eh bien, veuillez, je vous prie, nous suivre dans notre raisonnement, et vous reconnaîtrez que le Diable, tel que ses partisans nous le font connaître, est le plus fieffé maladroit qu'on puisse imaginer.

Ce qu'on nous avait dit de Dieu avant le Spiritisme, l'explication que les ministres de l'Église nous avaient donnée de la vie future, et des peines ou récompenses qui nous attendent après notre mort, nous avaient rendu sceptique.

Nous ne croyions plus en Dieu, parce qu'on nous le montrait colère et méchant au lieu d'infiniment bon, infiniment miséricordieux, comme nous l'avions compris dès que notre raison avait commencé à sortir de ses langes.

Nous ne croyions pas à la vie future, —à l'immortalité de l'âme, — parce que nous ne pouvions pas comprendre que, dans *une seule existence,* une âme pût arriver à la perfection et aller au Ciel jouir du bonheur éternel, surtout lorsque son passage sur la terre n'avait été que de quelques minutes.

Nous ne pouvions pas comprendre pourquoi la récompense d'une âme, dont *l'unique passage* sur la terre n'avait été que de quelques minutes, pût être *exactement la même* [1] que celle donnée à une

_____

1 Le Paradis.

autre âme qui avait vécu cent ans et dont l'existence avait été, en tous points, conforme aux
préceptes du Christ.

Nous ne pouvions pas admettre qu'un homme,
qui avait mené toute sa vie la conduite la plus dé-
pravée, la plus criminelle, qui s'était, en un mot,
souillé de tous les crimes, pût trouver un moyen
d'aller directement en Paradis, tandis que la
porte de ce temple de jouissances éternelles,
serait impitoyablement fermée pour toujours à un
autre qui aurait été toute sa vie un homme de
bien, bon, charitable, indulgent pour tout le
monde, honnête dans toute l'acception du mot,
aimant Dieu et l'adorant dans le fond de son
cœur; nous ne pouvions pas croire, disions-nous,
que cet homme pût être condamné à l'enfer *pour
l'éternité,* par la seule raison qu'il était protestant,
par exemple.

Enfin, nous ne pouvions pas croire que Dieu pût
faire un crime *d'être né* juif, protestant ou musul-
man, et nous nous demandions si la maxime :
« Hors l'Église point de salut, » n'était pas plus
orgueilleuse que sage.

Cependant, il fallait croire à tout cela, ou être
damné.

Or, nous n'y croyions pas, et nous ne voulions
pas faire à Dieu l'injure d'y croire. Nous étions

donc damné. tout ce qu'il y a de plus damné, et. par conséquent . nous appartenions bel et bien au Diable.

Qu'avait donc à faire ici maître Satan? - Rien. absolument rien : les ministres de l'Église faisaient trop bien ses affaires pour qu'il ne se mêlât plus de la moindre des choses.

Mais...! qui ne connaît le vieil adage : « *Plus on a, plus on veut?* »

Il ne trouva pas que ses affaires allaient bien. Il décréta une guerre d'extermination contre les âmes.

Or donc, le Diable dépêcha sur tous les points du globe terrestre, ses démons les plus rusés. pour tâter le terrain et connaître les dispositions des esprits.

Peu de temps après, il reçut la dépêche suivante :

« Tout va bien; si bien qu'avant cinquante ans. » les quatre-vingt-dix-neuf centièmes des âmes » prendront le chemin de notre demeure infer- » nale. »

Ceci se passait vers 1850.

Maître Satan redressa ses cornes et savoura une prise de tabac qui le fit éternuer sept fois.

Le prince des ténèbres n'a pas l'habitude d'éternuer. il paraît ; car, au bruit qu'il fit, tous les

diables de l'enfer accoururent croyant leur maître
atteint d'un rhume de cerveau.

Ce n'est rien, mes enfants, leur dit-il, soyez
sans crainte. L'éternuement est le signe que
j'adopte à l'avenir pour exprimer ma satisfaction
et ma joie. Depuis dix-huit siècles et demi
je n'avais pu éternuer que trois fois successives, lorsque j'éprouvais un plaisir assez grand.
Je savais, de longue date, que le jour où ma
satisfaction atteindrait le paroxysme, j'éternue-
rais huit fois. J'ai poussé aujourd'hui jusqu'à sept.
C'est un progrès marqué auquel j'étais loin de
m'attendre. Retirez-vous, et attendez, pour vous
présenter de nouveau, un roulement infernal de
huit éternuements. Quoique Diable, il m'est per-
mis d'avoir des pressentiments, et une voix, qui
semble sortir des profondeurs de l'enfer, me dit
que cet heureux événement arrivera bientôt. —
Tenez-vous donc sur vos gardes et accourez
tous, lorsque, après mes huit éternuements, vous
verrez mon palais illuminé de toutes parts.

Les diablotins se retirèrent, et maître Satanas
se trouva seul. Il tomba ensuite dans une rêverie
profonde (car le Diable rêve aussi). Il lui sembla
voir une quantité innombrable d'ouvriers occupés
à démolir son palais, tandis qu'un nombre non
moins incalculable en construisait un autre

qui paraissait avoir des dimensions cent fois plus
grandes.

Tout à coup, il fut tiré de sa rêverie par le
bruit que fit, en ouvrant la porte de son cabinet,
un tout jeune diablotin qui lui apportait, sur un
plateau formé de charbons incandescents, une
missive portant, à l'angle supérieur de gauche,
ces mots significatifs :

*Réjouissez-vous, notre maître, et faites agrandir
votre palais.*

Belzébuth lut la lettre, et deux éclairs jaillirent
de ses yeux. Il s'accouda sur une table, laissa
tomber son front cornu dans ses griffes déchar-
nées, et, après être resté quelques instants dans
cette position diablement pittoresque, il se releva,
ouvrit sa tabatière, y plongea ses doigts velus et
effilés, et en sortit une prise qu'il renifla avec
avidité.

Huit éternuements succédèrent à ce renifle-
ment diabolique. Au même instant, le palais infernal trembla jusque dans ses fondements et se
trouva, après la dernière secousse, illuminé
comme il ne l'avait jamais été de mémoire de
diable.

Et, de nouveau, tout le personnel de l'enfer
accourut.

Mes amis, leur dit Belzébuth, j'ai juré la perte

de toutes les âmes incarnées sur la terre. J'atteindrai mon but ou je perdrai ma noblesse [1].

Je sais bien qu'avec le temps et aidé par les partisans de l'enfer, toutes les âmes prendraient la direction de mon empire; mais, je veux aller plus vite en besogne. J'ai trouvé un moyen infaillible de perdre, dans l'espace de dix ans, toute l'humanité terrestre.

Ce moyen consiste à leur *faire croire à l'immortalité de l'âme d'abord.* — Ensuite, à leur insinuer qu'il n'y a pas d'enfer. — Que Dieu punit ou récompense les âmes; mais que la punition est proportionnelle à la faute, comme la récompense est en proportion du bien qu'on fait.

Il faut écarter de l'esprit des habitants de la terre l'idée qu'ils se font que leur planète est le seul monde habité où les âmes, au moyen *d'une existence unique,* gagnent le bonheur éternel ou sont condamnés à une peine perpétuelle.

Ces pauvres âmes sont si crédules que nous leur ferons croire tout ce que nous voudrons; crions-leur bien haut : « Dieu est un bon père, il pardonne aisément; il a le même amour pour tous ses enfants; et il veut que, dans un temps plus

---

1 C'est peut-être a la suite de l'échec qu'éprouva le diable dans cette affaire, qu'on dit : Le diable n'est pas noble.

ou moins long, selon qu'ils se conduisent bien
ou mal, ils arrivent tous au bonheur.

Il faut leur dire que si une existence est insuffi-
sante, ils en recommenceront une deuxième, une
dixième, une centième, une millième. — Il faut
leur dire encore que si la terre ne suffit pas, ils
ont tous les autres mondes habités qu'ils voient
luire dans l'espace et qu'ils appellent les étoiles.
— Ce sont, leur dirons-nous, les diverses étapes
dont Dieu a parsemé la route du bonheur éternel.

Alléchés par cet appât, ayant assez l'apparence
de la vérité, nous verrons les habitants de la terre
se jeter dans les bras de cette *trompeuse doctrine*
et, avant peu, le chemin qui conduit de la terre
à l'enfer ne sera qu'une procession continuelle de
• damnés.

Allons, mes diables, à l'œuvre!...

Cela dit, tous les diables, diablotins et diablotines se dispersèrent dans les airs comme une nuée
de chauve-souris noires, et le Diable resta seul.
Il se frotta les griffes avec une satisfaction anti-
cipée, renifla une énorme prise de tabac qui, cette
fois, n'amena aucun éternuement, et alla se cou-
cher dans une chaudière de plomb fondu, où il
dormit le reste de la nuit, au milieu de rêves
brûlants, d'hallucinations et de visions bouil-
lantes.

Ses agents s'abattirent d'abord sur l'Amérique.
— Nous ne savons pourquoi là plutôt qu'ailleurs.
et cela nous est indifférent. — Ils attirèrent l'at-
tention des habitants de cette contrée par des coups
frappés dans les murs. dans les meubles, les plafonds, les planchers, etc. — Les témoins de ces
faits se regardèrent tout étonnés dans le blanc
des yeux. — Qu'est-ce que cela signifie, se de-
mandèrent-ils; qu'est-ce qui peut produire de
pareils effets? Et ils se firent cette judicieuse
réponse : *Une cause quelconque;* attendu qu'il est
incontestable qu'il n'y a pas *d'effet* sans *cause.*

Forts de cette vérité, ils ne furent pas longtemps à supposer que ces bruits insolites étaient
produits par des êtres invisibles. — Il leur vint à
la pensée que les invisibles ne produisaient point
ces bruits pour le seul plaisir de tapager et de
faire peur à ceux qui les entendaient. — Ils pensèrent avec raison, ces américains-là, que les invisibles avaient quelque chose à leur dire ou à
leur communiquer; mais quels moyens fallait-il
employer pour leur poser des questions et en
recevoir des réponses ?

L'embarras ne fut pas de longue durée. — L'un
d'eux, s'adressant aux tapageurs, leur dit :
« Puisqu'il vous est possible de frapper dans les
murs et les plafonds. il ne doit pas vous être plus

malaisé de faire remuer une table ou tout autre objet?»Les émissaires du Diable, qui n'attendaient que le moment d'être compris pour agir, s'empressèrent de répondre à cette question en faisant frapper plusieurs fois, sur le plancher, le pied de la chaise sur laquelle se trouvait l'interlocuteur.
— « Très-bien! exclama celui-ci ; nous allons maintenant nous entendre; je vais vous poser des questions, et. pour y répondre. nous emploierons les lettres de l'alphabet. -- Chaque coup correspondra à une des vingt-cinq lettres.

Ainsi :

1 coup indiquera l'A.
.2 coups   —   le B,
3 coups   —   le C,

et ainsi de suite. »

Les invisibles frappèrent sur le champ plusieurs coups saccadés pour indiquer qu'ils avaient compris.

Les premières expériences qui se firent en Amérique n'offrant qu'un médiocre intérêt si on les compare à celles d'aujourd'hui, nous allons les laisser dans leur berceau, et passer, avec les agents de Belzébuth. dans les quatre autres parties du monde.

Comme en Amérique. des coups sont frappés dans les murs. les boiseries. les meubles. etc. —

On écoute.., plus rien! On croit être le jouet d'hallucinations ou de quelques plaisants, et on n'y
pense plus; mais, soudain les bruits recommen-
cent avec plus d'intensité. Les planchers cra-
quent, les vitres tressaillent, les tables dansent la
polka, les chapeaux valsent et les têtes s'éton-
nent..... Les yeux se cherchent, se rencontrent,
et on se demande si l'on ne rêve pas..... On se
tâte, on se pince, on se frotte les yeux — pas de
réveil! Donc, on ne dort pas, et les faits extraor-
dinaires dont on vient d'être témoins sont bien
réels!

Une fois certains de l'effet, on s'occupe d'en
rechercher la cause. Cette cause est tout naturel-
lement la même que celle trouvée par les Améri-
cains.

A partir de ce moment, nous irons vite en
besogne.

Après les coups frappés par les tables pour
indiquer les lettres formant les mots des réponses
faites par les invisibles, on s'imagine de placer
un crayon à une planchette, et les personnes qui
sont reconnues les plus aptes à servir d'intermédiaires entre les *visibles* et les *invisibles* y placent
leurs mains, et la corbeille se mettant en mouve-
ment, écrit, au moyen du crayon qu'elle porte, la
réponse à la question posée.

Mais nous avons oublié de mentionner qu'ayant demandé aux invisibles de dire ce qu'ils étaient, ils avaient répondu : des *Esprits*, c'est-à-dire, les âmes de ceux qui ont quitté la terre.

Les personnes qui servaient d'intermédiaires entre les Esprits et les évocateurs furent baptisées du nom de *Médiums*, et presque tout le monde s'occupa de ces manifestations qui venaient jeter une si vive lumière sur l'avenir de notre âme et intéresser à un si haut degré l'humanité toute entière.

Bientôt les planchettes munies de crayons furent insuffisantes, et les Esprits..... non. nous nous trompons..., les émissaires de Belzébuth. dictèrent cette phrase : « Que les médiums prennent le crayon, et nous allons tâcher de les faire écrire. « Elles médiums d'obéir, et les mains d'écrire avec une rapidité qui n'a de rivale que la sténographie. . . . .

. . . .

Les diables avaient inventé LE SPIRITISME !.....

Le moment était donc venu d'agir, et de montrer leurs talents à leur maître, le chef des enfers.

Ils se distribuèrent les rôles de l'immense drame qu'ils allaient jouer, lequel avait pour but. comme nous l'avons déjà dit, la damnation générale et éternelle des habitants de la terre.

Tous les diables s'organisent alors en une formidable armée. Les plus rusés, les plus hypocrites, sont nommés généraux. Le roi des enfers commandera en chef de son palais étant.

Voilà donc nos fameux généraux à l'œuvre. Ils vont lutter de *ruse*, de *méchanceté* et *d'hypocrisie*, et lancer au milieu du peuple des proclamations à faire trembler les hommes les plus solides, c'est-à-dire les catholiques.

Ils vont faire éclore sous les doigts de leurs instruments (*les Médiums*) des proclamations qui, sous l'apparence d'enseignements de la plus pure morale, cacheront la plus noire hypocrisie et la plus basse tromperie. Ces diables, pour mieux nous attirer dans leurs filets, signeront leurs proclamations des noms les plus vénérés et les plus chers aux habitants de la terre. — Saint Louis, Fénélon, Zénon, Marius, saint Matthieu, Bossuet, saint Vincent de Paule, saint Paulin, etc.

Les plus grandes preuves de l'immortalité de l'âme seront données ; la bonté, la justice et la miséricorde de Dieu seront démontrées, dépouillées du voile noir et opaque qui nous les cachait. Le progrès va se mettre en branle. Les juifs deviendront catholiques ; les catholiques et les idolâtres abandonneront leurs images; les protestants se feront Spirites, et cette procession

2

universelle, rangée sous une même bannière, qui portera pour devise : *Hors la Charité, point de salut*, fera son entrée solennelle dans la grande Église universelle, celle du *Spiritisme divin*, où Dieu, mais DIEU SEUL, est adoré, et alors, tous, nous serons sauvés; car nous aurons tous la foi et la vraie croyance.

Mais, que disons-nous!... Sauvés!... Tous, au contraire, nous serons perdus et damnés pour l'éternité ; car cette transformation universelle sera l'œuvre du Diable!.. Le Diable aura vaincu Dieu, et Dieu passera — quelle horrible absurdité — sous les ordres de Satan!...

Revenons maintenant à nos généraux, et suivons-les dans leurs évolutions stratégiques. Admirons d'abord *leur adresse et leur ruse* dans les proclamations qu'ils vont nous adresser.

PREMIÈRE PROCLAMATION

PREMIER COUP DE FILET DES PÊCHEURS DE DAMNÉS

« Habitants de la terre!

» L'amour de ses frères est, aux yeux de Dieu, le plus beau de tous les attributs de l'homme. C'est un précieux talisman pour gagner les faveurs célestes. C'es une sainte Société que celle de ceux qui s'aiment. L'amour de ses semblables doit être désintéressé : un léger sentiment d'égoïsme lui ôterait tout son mérite.

» Aimer son frère, l'assister dans la vie, lui donner son dévouement tout entier dans ses misères, le consoler dans ses déboires et ses infortunes, lui tendre une main secourable dans les dangers, voilà la charité que Dieu aime, bénit et récompense.

» Profitez de votre passage sur la terre pour travailler à votre avancement : déjà une satisfaction intime sera, ici-bas, un avant-goût de la récompense éternelle. »

———

Résultats de la pêche de ce premier coup de filet :

Borgnes guéris	105
Aveugles ayant ouvert un œil	91
Sourds ayant entendu d'une oreille	100
Sceptiques devenus douteurs..	200
Curieux.	10,452
Damnés.	0
Total	10,948

DEUXIÈME PROCLAMATION

DEUXIÈME COUP DE FILET DES PÊCHEURS DE DAMNÉS

« Habitants de la terre, priez !

» La prière est une aspiration sublime à laquelle Dieu a donné un pouvoir magique. Tendre rosée qui est comme un rafraîchissement pour le pauvre exilé de la terre. . . . .
. . . .

» Celui qui blasphème contre la prière, ne peut être qu'un esprit infime, tellement terrestre et reculé qu'il ne comprend même pas qu'il doit s'accrocher à cette planche de salut pour se sauver.

» Le Divin Sauveur est bien le fils de Dieu ; il est mort sur la croix pour vous ; adorez-le. — Priez, priez sa mère !

» Aimez-vous les uns les autres. Évitez les méchants, fuyez-les ; mais priez pour eux.

» Combattez vos ennemis par la prière et non par la raillerie.

» Apprenez à *aimer* Dieu, et non à le *craindre* car l'amour attire et la crainte repousse.

» Pour être agréables aux Esprits bienheureux,

priez pour ceux qui souffrent; votre prière sera entendue du Tout-Puissant.

» Unissez-vous par le cœur; la forme n'est que peu de chose aux yeux de Dieu. »

Résultats de la pêche de ce deuxième coup de filet.

Borgnes guéris.	409
Aveugles ayant ouvert un œil.	114
Sourds ayant entendu d'une oreille	201
Sceptiques devenus douteurs	263
Curieux.	16,310
Damnés.	0
Total. . . .	17,297

TROISIÈME PROCLAMATION

TROISIÈME COUP DE FILET DES PÊCHEURS DE DAMNÉS

« Habitants de la terre!

» Aimez, priez et faites le bien; la Charité, voilà la grande loi; voilà ce que Jésus vous a enseigné depuis l'étable de Bethléem jusqu'au sommet du Golgotha.

» Dieu vous envoie ses bons Esprits pour vous

sauver du naufrage où vous conduisaient le matérialisme et le scepticisme. Suivez la voie que les
envoyés célestes vous tracent dans leurs commu-
nications. Cette voie est celle qui conduit au bonheur éternel. Acceptez franchement la nouvelle
doctrine qu'ils viennent vous prêcher et vous y
trouverez le mot de toutes les énigmes qui obs-
curcissaient votre raison.

» Beaucoup d'entre vous murmuraient contre
la Providence quand un innocent était condamné
par la justice des hommes, et lorsqu'un honnête
homme succombait sous les coups d'un misérable?

» Vous vous disiez : s'il y a un Dieu, il n'est
pas juste; car il ne souffrirait pas que l'innocent
payât pour le coupable, et qu'un homme de bien
fût ravi à sa famille par un malhonnête homme?

» Eh bien! Nous avons la mission, nous, les
envoyés de Dieu, de vous faire voir, dans ces
apparences d'anomalies, la justice et la bonté de
Dieu.

» La doctrine de la Réincarnation ou pluralité
des existences, que nous vous ferons connaître
bientôt, lèvera le voile qui vous cachait la vérité,
et les mystères qui choquaient votre raison seront
relégués parmi les vieilles défroques religieuses
dont le progrès vous a déjà débarrassés.

» Vous comprendrez que l'homme puni par ses semblables, bien qu'il fût innocent du crime qu'on lui reprochait, subissait la punition des fautes qu'il avait commises dans une précédente existence : fautes qui étaient restées impunies par la justice humaine.

» Vous comprendrez encore que l'honnête homme, aux yeux du monde terrestre, succombant sous les coups du misérable, subissait la peine du talion. — Dans une précédente existence, il avait fait périr un frère honnête. L'expiation que Dieu, dans sa justice, lui infligea, fut celle-ci :

» Tu seras puni par où tu as péché. »

Résultats de la pêche du troisième coup de filet.

Borgnes guéris.	674
Aveugles devenus borgnes par les proclamations précédentes et totalement guéris par celle-ci. .	117
Aveugles ayant ouvert un œil.	391
Sourds ayant entendu d'une oreille	465
Sourds en convalescence depuis les précédentes proclamations, et entièrement guéris par celle-ci	96
Muets commençant à bégayer.	111
Sceptiques devenus douteurs	893
Douteurs ne doutant plus	141
Curieux . . . . ·	67,349
Damnés	0
Total.	70,237

QUATRIÈME PROCLAMATION

———

« Habitants de la terre !

» L'Église catholique vous dit : « *Hors l'Église point de salut.* »

» Pour le vrai chrétien , la seule devise est : « *Hors la Charité, point de salut.* »

» Or, comme la Charité résume toutes les qualités de l'Église (de l'Église de Dieu , entendons-nous bien , de l'Église de Dieu, qui est le cœur), on peut parfaitement , à la vérité , dire : *Hors l'Église point de salut;* car, ne vous y trompez pas, c'est du cœur que vient la Charité.

» Ne croyez pas que Dieu fasse acception de cultes; non, mes amis, tous les cultes que vous rendez à Dieu sur la terre ne sont que des formes qui disparaîtront un jour, quand vous serez assez avancés pour comprendre que la seule adoration indispensable est l'adoration en esprit et en vérité , et, croyez-le bien, celle-là est suffisante.

» Ceux donc qui vous disent : hors l'Église catholique, apostolique et romaine, c'est-à-dire, hors du culte catholique, apostolique et romain, point

de salut, se trompent aveuglément; et, non-seu-
lement, ils se trompent, mais, les malheureux,
ils trangressent le plus important des devoirs du
vrai disciple du Christ, *la Charité;* ils enlèvent à
sa glorieuse couronne le plus beau, le plus glo-
rieux de ses fleurons; car ils condamnent, sans
pitié et sans rémission, tous ceux qui ont l'audace
de ne point penser comme eux. »

Résultats de la pêche du quatrième coup de filet.

Borgnes guéris	934
Aveugles devenus borgnes par les proclama-tions précédentes, et radicalement guéris par celle-ci	589
Aveugles ayant ouvert un œil	1,742
Sourds ayant entendu d'une oreille	877
Sourds en convalescence depuis les précé-dentes proclamations, et entièrement guéris par celle-ci	965
Muets commençant à bégayer	319
Muets radicalement guéris, après convales-cence	98
Sceptiques devenus douteurs	1,243
Douteurs ne doutant plus	252
Curieux . . . . , ...	125,374
Damnés	0
Total	131,793

CINQUIÈME PROCLAMATION

CINQUIÈME COUP DE FILET DES PÊCHEURS DE DAMNÉS.

« Habitants de la terre !

» Vous ne venez sur cette planète que pour arriver plus-tôt au Ciel, cette patrie que Dieu vous a destinée, cette terre promise que Dieu vous fait voir, non par les yeux de la chair, mais par ceux de l'esprit ; car vous sentez tous en dedans de vous l'intuition de cette vie éternelle et bienheureuse qui doit vous échoir un jour.

» Mais, semblables aux Israëlites qui, avant d'arriver dans la fertile Judée, durent traverser des déserts immenses où, pendant quarante années, ils eurent à souffrir la faim, la soif, la chaleur et le froid, les maladies de toutes sortes, les maux de toute espèce qui résultaient de leurs haines, de leurs divisions et de leur désobéissance, vous aussi, avant d'arriver à la terre promise, vous devez passer par les mille et mille épreuves dont, tous les jours, vous voyez les hommes accablés.

» Dieu a voulu, dans sa bonté suprême, vous appeler tous à lui et vous faire goûter un bonheur éternel et sans tache ; mais — et voyez encore en cela la marque de sa miséricorde suprême et de sa bonté infinie, — il a voulu que ce bonheur, que cette félicité sans nom, soit à vous sans partage, à vous, parce que vous l'aurez gagnée, et qu'elle sera la fille de vos œuvres.

» Aussi, ne vous étonnez pas des malheurs de toutes sortes auxquels vous êtes soumis ici-bas chacun de ces malheurs, si vous les supportez avec résignation, et en bénissant le souverain dispensateur de toutes choses, chacun de ces malheurs sera un pas vers la vie éternelle.

» Mais ne croyez pas que Dieu, pour vous faire arriver au Ciel, n'a voulu vous soumettre qu'à des épreuves toujours pénibles et difficiles à supporter. Dieu, qui est infiniment sage comme il est infiniment bon, afin de compenser vos souffrances et vous aider à les supporter avec plus de calme et de résignation, vous a imposé et donné des devoirs à remplir, dans l'accomplissement desquels vous trouverez un bonheur et un soulagement ineffables et une satisfaction profonde. Ces devoirs, ils se résument tous dans ce mot sublime: LA CHARITÉ.

» Oh! Soyez charitables, mes bons amis; tendez la main aux malheureux, donnez votre superflu à ceux qui ont faim, vos consolations à ceux qui souffrent. Portez les divines paroles du Seigneur dans les cœurs jusqu'ici endurcis et qui ne comprennent pas, qui ne veulent pas comprendre, tout ce que la religion nous fait éprouver de bonheur et de félicités.

» Exercez la Charité de toutes les manières, quand les circonstances vous mettront à même de le faire, et soyez persuadés qu'elles ne vous manqueront pas.

» Soyez charitables, et, bénis des hommes, vous serez aussi bénis de Dieu qui, du haut de son trône éblouissant de lumière et de grâce, fera couler sur vous les flots de sa miséricorde et de sa bonté. »

Résultats de la pêche de ce cinquième coup de filet.

Borgnes guéris 1,972
Aveugles devenus borgnes par les proclamations précédentes, et radicalement guéris par celle-ci 1,554
Aveugles ayant ouvert un œil. 9,512
Sourds ayant entendu d'une oreille . . . , . . . 2,104
Sourds en convalescence depuis les précédentes proclamations , et entièrement guéris par celle-ci 1,197
Muets commençant à bégayer. 844
Muets radicalement guéris après convalescence 351
Sceptiques devenus douteurs. 2,459
Douteurs ne doutant plus 732
Curieux .259,834
Damnés 0

Total. 280,559

Notre cadre ne nous permettant pas de mettre sous les yeux de nos lecteurs les innombrables proclamations des généraux de l'enfer, nous allons les résumer toutes sous le titre de

---

PROCLAMATION RÉCAPITULATIVE

SIGNÉE DE TOUS LES GÉNÉRAUX DU DIABLE (1)

« Habitants de la terre!

» L'intelligence suprême, la cause première de toutes choses, c'est DIEU.

» Dieu est *éternel, unique, immatériel, immuable, tout puissant, souverainement juste et bon*. Il doit être infini dans toutes ses perfections; car, si l'on supposait un seul de ses attributs imparfait, il ne serait plus Dieu.

» C'est lui qui a créé la matière qui constitue les mondes. Il a aussi créé des êtres intelligents, des ESPRITS. — Vous qui vous parlons, vous, lorsque vous serez venus nous rejoindre — chargés d'administrer les mondes matériels d'après les lois

(1) Cette proclamation est tirée du Spiritisme à sa *plus simple expression*, par M. Allan Kardec. — Sans ces belles *pensées* notre parterre serait sans fleurs.

immuables de la création, et qui sont perfectibles par leur nature. Les Esprits, en se perfectionnant, se rapprochent de la Divinité.

» L'esprit, proprement dit, est le principe intelligent; il est immatériel, parce qu'il n'a aucune analogie avec ce que vous appelez matière.

» Les Esprits sont des êtres individuels; ils ont une enveloppe éthérée, impondérable, appelée *périsprit*, sorte de corps fluidique, type de la forme humaine. Ils peuplent les espaces, qu'ils parcourent avec la rapidité de l'éclair, et constituent le monde invisible.

» L'origine et le mode de la création des Esprits nous sont inconnus; nous savons seulement qu'ils sont créés *simples et ignorants;* c'est-à-dire sans science et sans connaissance du bien et du mal; mais avec une égale aptitude pour tout, car Dieu, dans sa justice, ne pouvait affranchir les uns du travail qu'il aurait imposé aux autres pour arriver à la perfection. Dans le principe, ils sont dans une sorte d'enfance, sans volonté propre, et sans conscience parfaite de leur existence.

» Le libre arbitre se développant chez les Esprits en même temps que les idées, Dieu leur dit : Vous pouvez tous prétendre au bonheur suprême, lorsque vous aurez acquis les connaissances qui vous manquent et accompli la tâche que je vous impose. Travaillez donc à votre avancement ; voilà le but : vous l'atteindrez en suivant les lois que j'ai gravées dans votre conscience.

» En conséquence de leur libre arbitre, les uns prennent la route la plus courte, qui est celle du bien. les autres la plus longue, qui est celle du mal.

» Dieu n'a point créé le mal ; il a établi des lois, et ces lois sont toujours bonnes, parce qu'il est souverainement bon ; celui qui les observerait fidèlement serait parfaitement heureux ; mais les Esprits, ayant leur libre arbitre, ne les ont pas toujours observées. et le mal est résulté pour eux de leur désobéissance. On peut donc dire que le bien est tout ce qui est conforme à la loi de Dieu. et le mal tout ce qui est contraire à cette même loi.

» Pour concourir, comme agents de la puissance divine , à l'œuvre des mondes matériels, les Esprits revêtent temporairement un corps matériel. Par le travail que nécessite leur existence corporelle. ils perfectionnent leur intelligence et acquièrent, en observant la loi de Dieu, les mérites qui doivent les conduire au bonheur éternel.

» L'incarnation n'a point été imposée à l'Esprit, dans le principe, comme une punition ; elle est nécessaire à son développement et à l'accomplis-

sement des œuvres de Dieu , et tous doivent la
subir , qu'ils prennent la route du bien ou celle
du mal; seulement ceux qui suivent la route du
bien, avançant plus vite, sont moins longs à par-
venir au but et y arrivent dans des conditions
moins pénibles.

» Les Esprits incarnés constituent l'humanité,
qui n'est point circonscrite à la Terre; mais
qui peuple tous les mondes disséminés dans l'espace.

» L'âme de l'homme est un Esprit incarné. Pour
le seconder dans l'accomplissement de sa tâche,
Dieu lui a donné, comme auxiliaires , les ani-
maux qui lui sont soumis, et dont l'intelligence
et le caractère sont proportionnés à ses besoins.

» Le perfectionnement de l'Esprit est le fruit de
son propre travail; ne pouvant, dans une seule
existence corporelle , acquérir toutes les qualités
morales et intellectuelles qui doivent le conduire
au but, il y arrive par une succession d'existences
à chacune desquelles il fait quelques pas en avant
dans la voie du progrès.

» A chaque existence corporelle, l'Esprit doit
fournir une tâche proportionnée à son développement; plus elle est rude et laborieuse, plus il a de
mérite à l'accomplir. Chaque existence est ainsi
une épreuve qui le rapproche du but. Le nombre

de ces existences est indéterminé. Il dépend de la volonté de l'Esprit de l'abréger en travaillant activement à son perfectionnement moral; de même qu'il dépend de la volonté de l'ouvrier qui doit fournir un travail d'abréger le nombre des jours qu'il emploie à le faire.

» Lorsqu'une existence a été mal employée, elle est sans profit pour l'Esprit, qui doit la recommencer dans des conditions plus ou moins pénibles en raison de sa négligence et de son mauvais vouloir: c'est ainsi que, dans la vie, on peut être astreint à faire le lendemain ce qu'on n'a pas fait la veille.

» La vie spirituelle est la vie normale de l'Esprit: elle est éternelle; la vie corporelle est transitoire et passagère : ce n'est qu'un instant dans l'éternité.

» Dans l'intervalle de ses existences corporelles, l'Esprit est *errant*. L'erraticité n'a pas de durée déterminée; dans cet état l'Esprit est heureux ou malheureux, selon le bon ou le mauvais emploi qu'il a fait de sa dernière existence, il étudie les causes qui ont hâté ou retardé son avancement; il prend les résolutions qu'il cherchera à mettre en pratique dans sa prochaine incarnation et choisit lui-même les épreuves qu'il croit les plus propres à son avancement; mais quelquefois il se trompe.

3

ou succombe, en ne tenant pas, comme homme, les résolutions qu'il a prises comme Esprit.

» L'Esprit coupable est puni par les souffrances morales dans le monde des Esprits, et par les peines physiques dans la vie corporelle. Ses afflictions sont la conséquence de ses fautes, c'est-à-dire de son infraction à la loi de Dieu; de sorte qu'elles sont à la fois une expiation du passé et une épreuve pour l'avenir : c'est ainsi que l'orgueilleux peut avoir une existence d'humiliation, le tyran une de servitude, le mauvais riche une de misère.

» Il y a des mondes appropriés aux différents degrés d'avancement des Esprits, et où l'existence corporelle se trouve dans des conditions très différentes. Moins l'Esprit est avancé, plus les corps qu'il revêt sont lourds et matériels; à mesure qu'il se purifie, il passe dans des mondes supérieurs moralement et physiquement. La Terre n'est ni le premier ni le dernier, mais c'est un des plus arriérés.

» Les Esprits coupables sont incarnés dans les mondes les moins avancés, où ils expient leurs fautes par les tribulations de la vie matérielle. Ces mondes sont pour eux de véritables purgatoires, mais d'où il dépend d'eux de sortir en travaillant à leur avancement moral. La Terre est un de ces mondes.

» Dieu, étant souverainement juste et bon, ne condamne pas ses créatures à des châtiments perpétuels pour des fautes temporaires; il leur offre en tout temps les moyens de progresser et de réparer le mal qu'elles ont pu faire. Dieu pardonne, mais il exige le repentir, la réparation et le retour au bien; de sorte que la durée du châtiment est proportionnée à la persistance de l'Esprit dans le mal; que, par conséquent, le châtiment serait *éternel* pour celui qui resterait éternellement dans la mauvaise voie; mais, dès qu'une lueur de repentir entre dans le cœur du coupable, Dieu étend sur lui sa miséricorde. L'éternité des peines doit ainsi s'entendre dans le sens relatif, et non dans le sens absolu.

» Les Esprits, en s'incarnant, apportent avec eux ce qu'ils ont acquis dans leurs existences précédentes; c'est la raison pour laquelle les hommes montrent instinctivement des aptitudes spéciales, des penchants bons ou mauvais qui semblent innés en eux.

» Les mauvais penchants naturels sont les restes des imperfections de l'Esprit, et dont il ne s'est pas entièrement dépouillé; ce sont aussi les indices des fautes qu'il a commises, et le véritable *péché originel*. A chaque existence il doit se laver de quelques impuretés.

» L'oubli des existences antérieures est un

bienfait de Dieu qui, dans sa bonté, a voulu
épargner à l'homme des souvenirs le plus souvent
pénibles. A chaque nouvelle existence, l'homme
est ce qu'il s'est fait lui-même : c'est pour lui un
nouveau point de départ; il connaît ses défauts
actuels; il sait que ces défauts sont la suite de
ceux qu'il avait, il en conclut le mal qu'il a pu
commettre, et cela lui suffit pour travailler à se
corriger. S'il avait autrefois des défauts qu'il n'a
plus, il n'a pas à s'en préoccuper; il a assez de
ses imperfections présentes.

» Si l'âme n'a pas déjà vécu, c'est qu'elle est
créée en même temps que le corps; dans cette
supposition, elle ne peut avoir aucun rapport avec
celles qui l'ont précédée. On se demande alors
comment Dieu, qui est souverainement juste et
bon, peut l'avoir rendue responsable de la faute
du père du genre humain, en l'entachant d'un
péché originel qu'elle n'a pas commis. En disant,
au contraire, qu'elle apporte en renaissant le
germe des imperfections de ses existences antérieures; qu'elle subit dans l'existence actuelle les
conséquences de ses fautes passées, on donne du
péché originel une explication logique que chacun
peut comprendre et admettre, parce que l'âme
n'est responsable que de ses propres œuvres.

La diversité des aptitudes innées, morales et

intellectuelles, est la preuve que l'âme a déjà
vécu; si elle avait été créée en même temps que
le corps actuel, il ne serait pas selon la bonté de
Dieu d'avoir fait les unes plus avancées que les
autres. Pourquoi des sauvages et des hommes
civilisés, des bons et des méchants, des sots et
des gens d'esprit? En disant que les uns ont plus
vécu que les autres et ont plus acquis, tout
s'explique.

» Si l'existence actuelle était unique et devait
seule décider de l'avenir de l'âme pour l'éternité,
quel serait le sort des enfants qui meurent en bas
âge? N'ayant fait ni bien ni mal, ils ne méritent
ni récompenses ni punitions. Selon la parole du
Christ, chacun étant récompensé selon ses œuvres, ils n'ont pas droit au parfait bonheur des
anges, ni mérité d'en être privés. Dites qu'ils
pourront, dans une autre existence, accomplir
ce qu'ils n'ont pu faire dans celle qui a été abré-
gée, et il n'y a plus d'exceptions.

» Par le même motif, quel serait le sort des crétins
et des idiots? N'ayant aucune conscience du bien
et du mal, ils n'ont aucune responsabilité de leurs
actes. Dieu serait-il juste et bon d'avoir créé des
âmes stupides pour les vouer à une existence
misérable et sans compensation? Admettez, au
contraire, que l'âme du crétin et de l'idiot est un

Esprit en punition dans un corps impropre à rendre sa pensée, où il est comme un homme fort comprimé par des liens, et vous n'aurez plus rien qui ne soit conforme à la justice de Dieu.

» Dans ces incarnations successives, l'Esprit s'étant peu à peu dépouillé de ses impuretés et perfectionné par le travail, arrive au terme de ses existences corporelles; il appartient alors à l'ordre des *purs Esprits ou des anges*, et jouit à la fois de la vue complète de Dieu et d'un bonheur sans mélange pour l'éternité.

» Les hommes étant en expiation sur la terre, Dieu, en bon père, ne les a pas livrés à eux-mêmes sans guides. Ils ont d'abord leurs Esprits protecteurs ou anges gardiens, qui veillent sur eux et s'efforcent de les conduire dans la bonne voie; ils ont encore les Esprits en mission sur la terre, Esprits supérieurs incarnés de temps en temps parmi eux pour éclairer la route par leurs travaux et faire avancer l'humanité. Bien que Dieu ait gravé sa loi dans la conscience, il a cru devoir la formuler d'une manière explicite; il leur a d'abord envoyé Moïse; mais les lois de Moïse étaient appropriées aux hommes de son temps; il ne leur a parlé que de la vie terrestre, de peines et de récompenses temporelles. Le Christ est venu ensuite compléter la loi de Moïse par un enseigne-

ment plus élevé : la pluralité des existences (1),
la vie spirituelle, les peines et les récompenses
morales. Moïse les conduisait par la crainte, le
Christ par l'amour et la charité.

» Le Spiritisme, mieux compris aujourd'hui,
ajoute, pour les incrédules, l'évidence à la théorie;
il prouve l'avenir par des faits patents; il dit en
termes clairs et sans équivoque ce que le Christ a
dit en paraboles; il explique les vérites méconnues ou faussement interprétées; il révèle l'existence du monde invisible ou des Esprits, et initie
l'homme aux mystères de la vie future; il vient
combattre le matérialisme, qui est une révolte
contre la puissance de Dieu; il vient enfin établir parmi les hommes le règne de la charité et
de la solidarité annoncé par le Christ. Moïse a
labouré, le Christ a semé, le Spiritisme vient
récolter.

» Le Spiritisme n'est point une lumière nouvelle,
mais une lumière plus éclatante, parce qu'elle
surgit de tous les points du globe par la voix de
ceux qui ont vécu. En rendant évident ce qui
était obscur, il met fin aux interprétations erronées, et doit rallier les hommes à une même
croyance, parce qu'il n'y a qu'un seul Dieu, et

(1, Évang. saint Matthieu, chap. XVII, v. 10 et suiv.—Saint Jean,
chap. III, v. 3 et suivants.

que ses lois sont les mêmes pour tous ; il marque enfin l'ère des temps prédits par le Christ et les prophètes.

» Les maux qui affligent les hommes sur la terre ont pour cause l'orgueil, l'égoïsme et toutes les mauvaises passions. Par le contact de leurs vices, *les hommes se rendent réciproquement malheureux et se punissent les uns par les autres.* Que la charité et l'humilité remplacent l'égoïsme et l'orgueil, alors ils ne chercheront plus à se nuire; ils respecteront les droits de chacun, et feront régner entre eux la concorde et la justice.

» Mais comment détruire l'égoïsme et l'orgueil qui semblent innés dans le cœur de l'homme? —L'égoïsme et l'orgueil sont dans le cœur de l'homme, parce que les hommes sont des Esprits qui ont suivi dès le principe la route du mal et qui ont été exilés sur la terre, en punition de ces mêmes vices; c'est encore là leur péché originel dont beaucoup ne se sont pas dépouillés. Par le Spiritisme, Dieu vient faire un dernier appel à la pratique de la loi enseignée par le Christ : la loi d'amour et de charité.

» La terre étant arrivée au temps marqué pour devenir un séjour de bonheur et de paix, Dieu ne veut pas que les mauvais Esprits incarnés continuent d'y porter le trouble au préjudice des bons:

c'est pourquoi ils devront disparaître. Ils iront expier leur endurcissement dans des mondes moins avancés, où ils travailleront à nouveau à leur perfectionnement dans une série d'existences plus malheureuses et plus pénibles encore que sur la terre.

» Ils formeront dans ces mondes une nouvelle race plus éclairée et dont la tâche sera de faire progresser les êtres arriérés qui les habitent, à l'aide de leurs connaissances acquises. Ils n'en sortiront pour un monde meilleur que lorsqu'ils l'auront mérité, et ainsi de suite, jusqu'à ce qu'ils aient atteint la purification complète. Si la terre était pour eux un purgatoire, ces mondes seront leur enfer, mais un enfer d'où l'espérance n'est jamais bannie.

» Tandis que la génération proscrite va disparaître rapidement, une nouvelle génération s'élève dont les croyances seront fondées sur le *Spiritisme chrétien*. Nous assistons à la transition qui s'opère, prélude de la rénovation morale dont le Spiritisme marque l'avènement.

» Le but essentiel du Spiritisme est l'amélioration des hommes. Il n'y faut chercher que ce qui peut aider au progrès moral et intellectuel.

» Le vrai Spirite n'est pas celui qui croit aux manifestations, mais celui qui met à profit l'ensei-

gnement donné par les Esprits. Rien ne sert de
croire, si la croyance ne fait pas faire un pas en
avant dans la voie du progrès, et ne rend pas
meilleur pour son prochain.

» L'égoïsme, l'orgueil, la vanité, l'ambition, la
cupidité, la haine, l'envie, la jalousie, la médisance, sont pour l'âme des herbes vénéneuses dont
il faut chaque jour arracher quelques brins, et qui
ont pour contre-poison : la *charité* et l'*humilité*.

» La croyance au Spiritisme n'est profitable
qu'à celui dont on peut dire : Il vaut mieux aujour-
d'hui qu'hier.

» L'importance que l'homme attache aux biens
temporels est en raison inverse de sa foi dans la
vie spirituelle ; c'est le doute sur l'avenir qui le
porte à chercher ses joies en ce monde en satis-
faisant ses passions, fût-ce même aux dépens de
son prochain.

» Les afflictions sur la terre sont les remèdes de
l'âme ; elles la sauvent pour l'avenir comme une
opération chirurgicale douloureuse sauve la vie
d'un malade et lui rend la santé. C'est pourquoi le
Christ a dit : « Bienheureux les affligés, car ils
seront consolés. »

» Dans vos afflictions, regardez au-dessous de
vous et non au-dessus ; songez à ceux qui souffrent encore plus que vous.

» Le désespoir est naturel chez celui qui croit que tout finit avec la vie du corps; c'est un non-sens chez celui qui a foi en l'avenir.

» L'homme est souvent l'artisan de son propre malheur ici-bas; qu'il remonte à la source de ses infortunes, et il verra qu'elles sont, pour la plupart, le résultat de son imprévoyance, de son orgueil et de son avidité, et, par conséquent, de son infraction aux lois de Dieu.

» La prière est un acte d'adoration. Prier Dieu, c'est penser à lui; c'est se rapprocher de lui; c'est se mettre en communication avec lui.

» Celui qui prie avec ferveur et confiance est plus fort contre les tentations du mal, et Dieu lui envoie les bons Esprits pour l'assister. C'est un secours qui n'est jamais refusé quand il est demandé avec sincérité.

» L'essentiel n'est pas de beaucoup prier, mais de bien prier. Certaines personnes croient que tout le mérite est dans la longueur de la prière, tandis qu'elles ferment les yeux sur leurs propres défauts. La prière est pour elles une occupation, un emploi du temps, mais non une étude d'elles-mêmes.

» Celui qui demande à Dieu le pardon de ses fautes ne l'obtient qu'en changeant de conduite.

Les bonnes actions sont la meilleure des prières, car les actes valent mieux que les paroles.

» La prière est recommandée par tous les bons Esprits ; elle est en outre demandée par tous les Esprits imparfaits comme un moyen d'alléger leurs souffrances.

» La prière ne peut changer les décrets de la Providence ; mais en voyant qu'on s'intéresse à eux, les Esprits souffrants se sentent moins délaissés ; ils sont moins malheureux ; elle relève leur courage, excite en eux le désir de s'élever par le repentir et la réparation, et peut les détourner de la pensée du mal. C'est en ce sens qu'elle peut non seulement alléger, mais abréger leurs souffrances.

» Priez chacun selon vos convictions et le mode que vous croyez le plus convenable, car la forme n'est rien, la pensée est tout ; la sincérité et la pureté d'intention, c'est l'essentiel ; une bonne pensée vaut mieux que de nombreuses paroles, qui ressemblent au bruit d'un moulin et où le cœur n'est pour rien.

» Dieu a fait des hommes forts et puissants pour être les soutiens des faibles ; le fort qui opprime le faible est maudit de Dieu : il en reçoit souvent le châtiment en cette vie sans préjudice de l'avenir.

» La fortune est un dépôt dont le possesseur n'est que l'usufruitier, *puisqu'il ne l'emporte pas avec lui dans la tombe;* il rendra un compte sévère de l'emploi qu'il en aura fait.

» La fortune est une épreuve plus glissante que la misère, parce qu'elle est une tentation vers l'abus et les excès, et qu'il est plus difficile d'être modéré que d'être résigné.

» L'ambitieux qui triomphe et le riche qui se repaît de jouissances matérielles, sont plus à plaindre qu'à envier, car il faut voir le retour. Le Spiritisme, par les terribles exemples de ceux qui ont vécu et qui viennent révéler leur sort, montre la vérité de cette parole du Christ : « Quiconque s'élève sera abaissé, et quiconque s'abaisse sera élevé. »

» La charité est la loi suprême du Christ : « Aimez-vous les uns les autres comme des frères ; — aimez votre prochain comme vous-même ; — pardonnez à vos ennemis ; — ne faites pas à autrui ce que vous ne voudriez pas qu'on vous fît. » tout cela se résume dans le mot *charité.*

» La charité n'est pas seulement dans l'aumône, car il y a la charité en pensées, en paroles et en actions. Celui-là est charitable en pensées, qui est indulgent pour les fautes de son prochain ; charitable en paroles, qui ne dit rien qui puisse nuire à son prochain ; charitable en actions, qui assiste son prochain dans la mesure de ses forces.

» Le pauvre qui partage son morceau de pain avec un plus pauvre que lui , est plus charitable et a plus de mérite aux yeux de Dieu que celui qui donne de son superflu sans se priver de rien.

» Quiconque nourrit contre son prochain des sentiments d'animosité, de haine, de jalousie et de rancune, manque de charité ; il ment s'il se dit chrétien, et il offense Dieu.

» Hommes de toutes castes, de toutes sectes et de toutes couleurs, vous êtes tous frères, car Dieu vous appelle tous à lui ; tendez-vous donc la main, quelle que soit votre manière de l'adorer, et ne vous lancez pas l'anathème, car l'anathème est la violation de la loi de charité proclamée par le Christ.

» Avec l'égoïsme, les hommes sont en lutte perpétuelle ; avec la charité, ils seront en paix. La charité, faisant la base de leurs institutions, peut donc seule assurer leur bonheur en ce monde ; selon les paroles du Christ, elle seule peut aussi assurer le bonheur futur, car elle renferme implicitement toutes les vertus qui peuvent les conduire à la perfection. Avec la vraie charité, telle que l'a enseignée et pratiquée le Christ, plus d'égoïsme, d'orgueil, de haine, de jalousie, de médisance :

plus d'attachement désordonné aux biens de ce monde. C'est pourquoi le *Spiritisme chrétien* a pour maxime : HORS LA CHARITÉ POINT DE SALUT.

RÉCAPITULATION GÉNÉRALE

Des résultats de la pêche aux damnés.

Borgnes guéris.	429,475
Aveugles devenus borgnes par les proclamations précédentes , et radicalement guéris par la dernière.	496,761
Aveugles ayant ouvert un œil	457,870
Sourds ayant entendu d'une oreille	744,104
Sourds en convalescence depuis les précédentes proclamations , et entierement guéris par la dernière	292,730
Muets commençant à bégayer	156,763
Muets radicalement guéris	147,837
Sceptiques devenus douteurs.	545,591
Curieux.	14,254,875
Damnés.	0
TOTAL GÉNÉRAL.	17,526,006

En présence des résultats obtenus par leur éloquence, les émissaires du Diable eurent une peur rouge ; ils pensèrent que leur maître ne devait plus y voir clair. « Nous sommes *reperdus*.

s'écrièrent-ils tous en chœur ; car nous venons de crever l'œil au diable (1).

Attendons-nous à être rappelés prochainement à la caserne infernale et à voir attiser le feu des fournaises par Belzébuth lui-même.

Cependant, c'est lui qui a eu cette splendide idée de prêcher le *bien* pour faire le *mal!*... Nous, pauvres diablotins, nous n'avons fait qu'exécuter ses ordres..... Ah ! notre maître, avec ton adresse, ta ruse et ton hypocrisie, tu as été bien gauche et bien maladroit...!

Tu croyais qu'en nous faisant prêcher cette maudite doctrine, nous ferions des damnés en veux-tu, en voilà !.. Eh bien ! tu t'es trompé..... Aussi, quelle grossière plaisanterie !.... Mais, nous-mêmes, nous y pensons trop tard, comment pouvions-nous espérer recueillir des damnés là où nous semions à pleines mains la charité et l'amour de Dieu?

.... Méchant diable, tu t'es trompé!... Pauvres diablotins, que nous sommes à plaindre !.... Mais qu'y faire? Il n'y a plus moyen d'y revenir. Quand les mots sont dits, l'eau bénite est faite.

Et voilà pourquoi nous disons que les adversai-

---

(1) Crever l'œil au diable est un vieux proverbe qui signifie : faire du bien en dépit de l'envie.

res du Spiritisme ne sont pas plus adroits que le Diable, lorsqu'ils prétendent que c'est pour mieux nous perdre qu'il prêche la charité et la croyance en Dieu.

Si nous ne croyons pas en Dieu, nous sommes damnés. A qui fera-t-on croire que Satan (si Satan il y a) n'a pas intérêt à nous laisser dans l'erreur?.

LE DIABLE CONVERTI

———

Un jour — un soir voulons-nous dire — le Diable eut la curiosité, la fantaisie, d'assister à une séance de Spiritisme. — C'est une curiosité que devraient avoir bon nombre de diables incarnés sur la terre.

Il se retira, tout bouleversé, dans son palais. L'opinion qu'il se fit du Spiritisme, dans cette séance, fut bien différente de l'idée qu'en ont ceux qui prétendent que les adeptes de cette nouvelle science se damnent, car, dès son retour aux enfers, il assembla tout son personnel et lui fit le discours ci-après :

Diables et Diablesses !
Diablotins et Diablotines !

Ouvrez les oreilles !.... Jamais elles n'ont été frappées par des paroles comme celles que je vais faire entendre. — J'ai conçu un projet formidable ! c'est de faire tout le contraire de ce que nous avons fait depuis le commencement du monde. C'est-à-dire : Prêcher le *bien* au lieu de prêcher le *mal*.

Un diablotin l'interrompant.

— Mais.... cher Maître........

— Silence, écoutez-moi !.......

Je disais donc : Prêcher le bien au lieu de prêcher le mal. Faire croire en Dieu à ceux qui n'y croient pas !

Il faut que tous les habitants de la terre soient bien assurés que Dieu est bon, juste et miséricordieux et que chacun recevra, après sa mort terrestre, une punition ou une récompense proportionnelle au bien ou au mal qu'il aura fait.

Il faut qu'ils sachent que Dieu n'ayant aucune préférence pour ses enfants, veut que tous arrivent au bonheur éternel au moyen d'existences successives qui seront plus ou moins nombreuses, selon qu'ils prendront le bon ou le mauvais chemin.

Il faut qu'ils sachent qu'après la mort, l'Esprit se trouvant débarrassé de sa grossière enveloppe terrestre, aura conscience du *bien* et du *mal* qu'il aura fait pendant sa dernière existence; que s'il a fait du bien, il aura franchi une étape de la route du bonheur, tandis que, s'il s'est livré au mal, il s'apercevra honteusement qu'il est resté stationnaire. Sa punition consistera à avoir constamment devant les yeux les fautes qu'il aura commises, jusqu'à ce qu'un repentir sincère s'empare de lui et lui fasse obtenir de Dieu la faveur d'une incarnation nouvelle.

Il faut qu'ils soient bien convaincus que leur existence actuelle n'est pas la première qu'ils ont eue, et que ce n'est pas la dernière qu'ils auront. Il faut qu'ils sachent que, peu à peu, et au moyen de plusieurs existences, ils arriveront à être dans le Ciel des Esprits bienheureux.

Il ne faut pas qu'ils ignorent que la terre n'est pas la seule planète habitée ; qu'elle est, au contraire, un monde très-inférieur. et que c'est précisément un des purgatoires où les âmes expient les fautes qu'elles ont commises dans leurs précédentes existences.

Un diablotin.

— Maître, un mot, si vous le permettez?

— Je t'écoute, dit Satan.

— Vous venez de dire des choses auxquelles vous ne nous aviez pas habitués. Vous avez été beau, vous avez été sublime; mais il me semble que le côté le plus brillant de votre discours n'a pas été celui de la logique?

« Faisons croire en Dieu à ceux qui n'y croient
« pas, avez-vous dit, prêchons le bien au lieu de
« prêcher le mal..... »

Mais, autant vaut-il donner la clé des champs à
tous nos pensionnaires!...

— Bah! fit le diable.... Allez toujours!.... Nous
aurons le plaisir de les rattraper.

— Eh bien, reprit le rusé diablotin, je vais
faire l'essai de votre nouveau système, au moyen
du lièvre que nous avons fait prisonnier dans
notre dernière chasse. Je vais lui ouvrir la porte
du parc; il ne manquera pas de sortir, et, une fois
parti, nous aurons le plaisir de reprendre ce maladroit qui aura préféré la liberté à la réclusion.

— Et si nous ne le rattrapons pas? répondit le
Diable.

— Et si nous ne rattrapons pas les âmes auxquelles vous voulez donner la faculté de prendre
la route qui conduit à Dieu, dit le diablotin.

— Oh! Pour cela, c'est mon affaire, j'ai mon
but.

— Maître Belzébuth, dirent tous en chœur les
diablotins de l'enfer, pour avoir une semblable
idée, il faut que vous ayez résolu de vous conver-
tir. Si telle est votre intention, dites-le sans dé-
tour, car nous vous avouons que nous ne serions
pas fâchés d'en faire autant et d'obtenir grâce de-

vant Dieu, ne serait-ce que pour contrarier un tantinet les catholiques qui assurent que les damnés sont en enfer pour l'éternité.

Une diablesse, en pleurant.

— Et dire que c'est justement pour n'avoir pas voulu croire à cela que je suis ici!... Je croyais en Dieu, en un Dieu juste et bon, et c'est mon confesseur qui me perdit en me montrant ce Dieu comme un père méchant, vindicatif, colère, capricieux et injuste!....

Mon confesseur me disait tant de choses absurdes auxquelles il fallait croire pour être sauvé de l'enfer, que je finis par ne croire à rien, pas même au Diable, et voilà ce qui m'a conduite ici; mais ce qui m'étonne, c'est de ne pas y voir celui qui causa mon malheur.

— Celui qui causa ton malheur, répondit le chef de l'enfer, n'est pas ici, parce qu'il disait ce qu'il croyait. Nous n'avons, dans ce séjour infernal, que les soi-disant ministres de Dieu, qui ont enseigné *ce qu'ils ne croyaient pas.* Quant à toi, belle diablesse, ce qui nous a procuré le plaisir de t'avoir, ce n'est point parce que tu ne croyais pas à l'enfer; mais bien parce que tu ne croyais plus à Dieu.

— Avant de connaître ce confesseur, je croyais à Dieu. Je croyais à une punition ou à une récompense proportionnelle au bien ou au mal qu'on avait fait; mais ma raison se refusait à admettre que la punition infligée par Dieu pût être éternelle.

— Et tu étais dans le vrai, ricana Satan.

— J'étais dans le vrai? dites-vous. Comment se fait-il alors que je sois ici pour l'éternité, comme vous me l'avez dit?

— En te disant cela, je mentais; et c'était mon rôle.

— Ce que je ne savais pas moi-même, c'est que je combattais contre une puissance qui me conduisait elle-même : Dieu!...... Et, conduit toujours par cette même puissance, à laquelle rien ne peut résister, je viens aujourd'hui vous dire la vérité. Écoutez-moi.

Toutes les planètes que vous voyez dans l'espace sont des mondes habités comme la terre. Dieu les a créées, et il veut qu'elles arrivent toutes à la perfection, au bonheur qui, seul, est éternel; mais il est écrit que chacun doit avoir le mérite de ses œuvres et gagner ce bonheur par la lutte et la souffrance. Cette lutte devait avoir lieu entre le bien et le mal.

Le *bien*, c'est *Dieu*;

Le *mal*, c'était *moi*.

Le bien devait triompher et le mal disparaître.

Un diablotin.

— Mais quand et où donc avez-vous appris cela?

— Où? — Sur la terre.

— Quand? Cette nuit, dans une séance de Spiritisme!

Les temps fixés par Dieu, pour la fin de la lutte, sont proches : Je le sens à la faiblesse de mes armes et de mes arguments pour tromper.

Une quantité inombrable de mondes sont déjà arrivés à la perfection; d'autres sont à un degré qui en exclut *presque* le mal, et la terre va passer dans cette catégorie. D'autres enfin sont encore très-arriérés, et dans la balance du bien et du mal, le plateau du mal emporte celui qui contient le bien; mais avec le temps le plateau du mal se videra et les planètes prendront à leur tour la voie de la perfection.

Les partisans du mal sur la terre jouent de leur reste. Ils combattront encore, mais ils seront bientôt à bout de force et succomberont; l'évidence leur crèvera les yeux; mais ils ne se rendront pas. Alors, ceux-là seuls disparaîtront de la planète pour passer dans une autre où le mal a encore la majorité. Là ils continueront à lutter jusqu'à-ce

qu'enfin la vérité pour laquelle ils ne sont pas
encore mûrs brille à leurs yeux comme un soleil
sans aurore.

— Maître, que faut-il donc faire pour pouvoir
prendre au plus vite congé de vous?

— Il faut, dit le Diable, avoir un sincère repentir de vos fautes, en demander humblement
pardon à Dieu et l'adorer de tout votre cœur.

Au même instant Satan joignit les mains et
tomba à genoux. Le personnel de l'enfer suivit son
exemple, à l'exception de quelques milliers d'endurcis dans le mal qui restèrent debout et pro-
testèrent contre les paroles qu'ils venaient d'entendre.

L'un d'eux apostropha ainsi le Diable :

Misérable lâche! comment oses-tu te rallier
au parti du despote qui te précipita du Paradis
dans l'Enfer pour lui avoir désobéi?

— Parce que, répondit Satan, je reconnais mes
torts. Les mondes ont été créés par Dieu et non
par moi. Lui seul est la cause première de toutes
choses. Il est le Maître suprême. Les lois qu'il a
faites sont immuables, mais perfectibles par leur
nature. Tout doit se perfectionner et se rapprocher
de la Divinité. Pour des fautes temporaires, Dieu
n'inflige pas de châtiments perpétuels : Il est trop
bon et trop juste pour cela. Il offre à toutes ses

créatures les moyens de réparer le mal qu'elles peuvent faire et aussi les moyens de progresser. Dieu pardonne, mais il exige le repentir, la réparation et le retour au bien [1].

— De toutes ses créatures je suis, sans contredit, la plus coupable; mais il est trop bon pour avoir fait une exception à mon égard. — A tout péché miséricorde. — Dieu me pardonnera, il me pardonne déjà, car mon repentir est sincère, il le sait. Suivez mon exemple et Dieu vous pardonnera aussi.......

— Ah misérable! hurla celui qui avait apostrophé Satan, tu nous abandonnes!........ Eh bien prends garde à toi!

— Camarades, dit-il, en s'adressant aux diablotins restés debout, persistons dans la voie du mal!.....

— Tous : C'est notre désir, et nous te proclamons chef des Enfers !......

Accepté, répondit le nouveau chef.

Et maintenant, dit-il, en s'adressant à l'ex-diable, je prends ta place, et je vais, à partir de cette heure, te faire une guerre à mort !..............

....

— Pas sur cette planète, répondit tranquille-

(1) Le Diable se rappelait ce qu'il avait entendu dire dans le Groupe spirite auquel il avait assisté la veille.

ment le diable converti. Ta place n'est plus là : le mal en est banni; tu n'y ferais pas de bonnes affaires; mais il ne manque pas de mondes inférieurs où le mal est encore en majorité; c'est là où tu dois aller avec les malheureux qui trouvent n'avoir pas assez souffert.

Le nouveau Diable n'eut pas le temps de répondre. Un craquement se fit entendre, et le palais infernal terrestre disparut dans un éclair.

Et les Esprits convertis et repentants restèrent libres dans les airs....

Chacun d'eux s'en alla dans l'espace, vêtu d'une longue et soyeuse robe blanche, dans la direction qui lui convint. Les autres furent précipités sur une planète inférieure, où ils continueront à expier leurs fautes, ayant à leur tête le nouveau chef qu'ils se sont choisi, jusqu'à ce qu'un repentir semblable à celui qui sauva leurs frères vienne s'emparer de leur cœur.

FIN

Bordeaux.—Imp. centrale DE Lanefranque, rue Permentade, 25-25.

OUVRAGES DE M. ALLAN KARDEC

sur le Spiritisme

Ces ouvrages se trouvent, à Paris, chez MM. DIDIER et Comp., éditeurs, 35, quai des Augustins ; — LEDOYEN, Galerie d'Orléans (Palais-Royal) ; — au bureau de la *Revue Spirite*, rue Sainte-Anne, 59 (passage Sainte-Anne).

Le Spiritisme à sa plus simple expression. — Exposé sommaire de l'enseignement des Esprits et de leurs manifestations. — brochure grand in-18. — Cette brochure, étant destinée a populariser les idées spirites, est vendue aux conditions suivantes : Prix de chaque exemplaire, 15 cent.; par la poste, 20 cent. — 20 exemplaires ensemble, 2 fr., ou 10 cent. chacun ; par le poste, 2 fr. 60 cent.

La traduction en toutes langues est autorisée, sous la seule condition de remettre 50 exemplaires a l'auteur.

Édition allemande : Vienne Autriche.
Édition portugaise : Lisbonne ; Rio-Janeiro ; Paris.
Édition polonaise : Cracovie.
Édition en grec moderne : Corfou.
Édition en italien ; Turin.

Qu'est-ce que le spiritisme ? — Guide de l'observateur novice des manifestations des Esprits. — 3ᵉ édition entièrement refondue et considérablement augmentée. — Grand in-18. Prix : 75 c.; par la poste, 90 c.

Le livre des Esprits (*Philosophie spiritualiste*). — Contenant les principes de la doctrine spirite sur l'immortalité de l'âme, la nature des Esprits et leurs rapports avec les hommes, les lois morales, la vie présente, la vie future et l'avenir de l'humanité, selon l'enseignement donné par les Esprits supérieurs a l'aide de divers médiums. — 9ᵉ édition, grand in-18 de 500 pages, 3 fr., 50; par la poste, 4 fr. — Édition in-8 de 500 pages, 6 fr.; par la poste, 6 fr. 80 c.

Édition en allemand : Vienne Autriche.

Le livre des médiums *(Spiritisme expérimental)*. — Guide des médiums et des évocateurs; contenant l'enseignement spécial des Esprits sur la théorie de tous les genres de manifestations, les moyens de communiquer avec le monde invisible et de développer la faculté médianimique, les difficultés et les écueils que l'on peut rencontrer dans la pratique du Spiritisme : 5ᵉ édition. — Grand in-18 de 500 pages. Prix : 3 fr. 50 c.; par la poste 4 fr.

Voyage spirite en 1862, par M. Allan Kardec, contenant : 1° les observations sur l'état du Spiritisme; 2° les Instructions données dans les différents Groupes; 3° les Instructions sur la formation des Groupes et Sociétés, et un modèle de Règlement à leur usage. — Brochure grand in-8°, format et justification de la *Revue Spirite*. — Prix : 1 fr. pour toute la France. Pour l'étranger, le port en sus.

Revue Spirite, Journal d'Études psychologiques, paraissant tous les mois depuis le 1ᵉʳ janvier 1858. — Prix de l'abonnement : pour la France et l'Algérie, 10 fr. par an; — Étranger, 12 fr. : — Amérique et pays d'Outre-Mer, 14 fr.

OUVRAGES DIVERS SUR LE SPIRITISME

Collection de la **Revue Spirite de Paris**, depuis 1858. — M. Allan Kardec. — Chaque année brochée avec titre spécial, table générale et couverture imprimée. — Prix : chaque année séparément, 10 fr. — Les cinq premières années prises ensemble, 40 fr. au lieu de 50. — Les six premières années, 50 fr. au lieu de 60.

Le Spiritisme à Lyon. — Choix de Dictées spirites, avec quatre planches de dessins médianimiques. Prix : 1 fr. 10 c.

Caractères de La Bruyère.—Société Spirite de Bordeaux. Médium Madame Cazemajour. Prix : 50 c.; *franco*, 60 c.

Le Spiritisme à Metz. — Choix de Dictées. Prix : 1 fr.; *franco*, 1 fr. 10 c.

Poésies d'outre-tombe. — Société Spirite de Constantine, Prix : 1 fr. 50 c. ; *franco*, 1 fr. 60 c.

Histoire de Jeanne Darc, dictée par elle même à Mademoiselle Ermance Dufaux, âgée de 14 ans. Grand in-18. Prix : 3 fr. ; *franco*, 3 fr. 50 c.

Fragment de Sonate, dicté par l'Esprit de Mozard à M. Brion Dorgeval, médium. Prix : *franco*, 2 fr.

Fables et Poésies diverses, par un Esprit frappeur. 1 vol. in-12. — Carcassonne, chez Millac, libraire. — Toulouse, chez Arming, libraire. — Paris, chez Ledoyen, libraire, Palais-Royal. Prix : 2 fr.: *franco*, 2 fr. 30 c.

Réflexions sur le Spiritisme, les Spirites et leurs contradicteurs, par J. Chapelot. Brochure in-8 de 96 pages. — Prix : 50 c.; par la poste, 60 c. — Bordeaux, Ferret, libraire. — Paris, Ledoyen.

La vérité sur le Spiritisme expérimental dans les Groupes. — Le Spiritisme sans les Esprits, par un Spirite théoricien. — Deux brochures. Prix : 50 c. chacune, ensemble 1 fr.; par la poste, 1 fr. 10 c. chez Dentu; Palais-Royal.

La Vérité, Journal du Spiritisme, hebdomadaire, à Lyon, 29, rue de la Charité. — 6 fr. par an. Départements : 9 fr. — M. Édoux directeur-gérant.

Révélations sur ma vie surnaturelle, par Daniel HOME, contenant le récit de ses manifestations. — Un vol. in-12. — Prix : 3 fr. 50.

Appel des vivants aux Esprits des morts, par Édoux. Prix : 1 fr.; par la poste 1 fr. 10 c. Lyon bureau de *la Vérité*, 20, rue de la Charité.

Sermons sur le Spiritisme, prêchés par le R. P. Letierce, réfutés par un Spirite de Metz, Prix : 1 fr.; par la poste 1 fr. 10 c.

Réponses aux sermons contre le Spiritisme, prêchés par le R. P. Nicomède, par les Spirites de Villenave-de-Rions. Prix : 50 c.; *franco*, 60 c. au profit des Pauvres.

Le Sauveur des Peuples, journal du Spiritisme; hebdomadaire, à Bordeaux, 57, Cours d'Acquitaine, 6 fr. par an; Département 7 fr. M. A. Lefraise, directeur gérant.

www.ingramcontent.com/pod-product-compliance
Lightning Source LLC
Chambersburg PA
CBHW060811180626
46818CB00002B/788